2024

铸牢中华民族共同体意识

中国少数民族文学之星丛书

古海

永琼桑姆

——

著

作家出版社

编委会名单

主　任：邱华栋

副主任：彭学明　黄国辉

编　委：赵兴红　郑　函

以民族的情意，打造文学的星辰

——"中国少数民族文学之星"丛书总序

邱华栋　彭学明

"铸牢中华民族共同体意识——中国少数民族文学之星"丛书是中国作家协会少数民族文学发展工程的项目之一，于2018年开始实施，由中国作家协会创作联络部具体组织落实。出版这套丛书的初衷，是在少数民族文学创作领域贯彻落实习近平文化思想，不断夯实铸牢中华民族共同体意识的文学责任，培养少数民族文学中青年作家，打造少数民族文学精品，为那些已经在少数民族文学界和全国文学界成绩斐然、广有影响的少数民族中青年作家再助一力，再送一程，从而把少数民族文学最优秀的中青年作家集结在一起，以最整齐的队伍、最有力的步伐、最亮丽的身影，走向文学的新高地，迈向文学的高峰，让少数民族文学的星空星光灿烂，少数民族文学的长河奔流不息。以文学的初心，繁荣民族的事业；以民族的情意，打造文学的星辰。

入选"中国少数民族文学之星"丛书的作家，必须是年龄在50岁以下的、在少数民族文学界和全国文学界广有影响的少数民族作家。不管是否出版过文学书籍，只要其作品经过本人申请申报、各团体会员单位推荐报送、专家评审论证和中国作协书记处审批而入选的，中国作协将在出版前为其召开改稿会，请专家为其作品望闻问切，以修改作品存在的不足，减少作品出版后无法弥补的遗憾。待其作品修改好后，由中国作协统一安排出版，并进行广泛的宣传推广。

中国是一个多民族的大家庭。每一个民族都沐浴着党的民族政策的光辉、感受着党的民族政策的温暖，都在党的民族政策关怀下，蓬勃发展，欣欣向荣。在这个伟大的新时代，我们正创造着中华民族的新辉煌。每一个民族的发展与巨变，每一个民族的气象与品质，都给我们提供了生生不息的创作源泉。我们每一个民族作家，都应该以一种民族自豪感，去拥抱我们的民族；以一种民族责任感，为我们的民族奉献。用崇高的文学理想，去书写民族的幸福与荣光、讴歌民族的伟大与高尚，以文学的民族情怀，去观照民族的人心与人生、传递民族的精神与力量。

我们期待每一位少数民族作家，都能够到火热的生活中去，到广大的人民中去，立心，扎根，有为，为初心千回百转，为文学千锤百炼，写出拿得出、立得住、走得远、留得下的文学精品。不负时代。不负民族。不负使命。

目 录

〜

古海隆起的歌

次仁罗布

　　牧歌悠悠。古象雄文明源于她，以阶梯式向雅砻河谷蔓延，侵袭进茂密的塔工地界，再不断向外延伸，成为远古极具影响力的文明，高原之人被其所护佑。之后，吐蕃的盛起与衰落都在雅砻河谷里，其后人最终却选择到阿里去栖息，从此停止了征伐，偏安一隅，刮起了弘法的劲风。这高地上有了神山冈仁波齐，有了神湖玛旁雍错，有了古格王朝，有札达土林，使她的声名被徐风吹向各个角落，成为令人神往的一处高地。

　　诗人永琼桑姆就出生在这片高地上，她被孔雀河所喂养，目光所及之处被巍峨的土林所占据，使她在柔弱如水与坚毅豁达间穿行，并热爱上了诗歌，想用最简洁的一行行文字，表达对故土的那份痴爱、思念。她与西藏当下的许多年轻人一样，最初在家乡的学校读书，后来考取到内地中学，然后考上大学接受教育，毕业后再回到家乡。这种经历使她与故乡之间若即若离，情感上丝丝缕缕，甚至因距离让她对故乡有了一种审视、考问，这在她的诗篇《铁匠的女儿》中表现得最突出："是你吗？铁匠的女儿／与我一起放学回家吗？／／越过了五彩塔／乌塔粮仓与马车在灯边／有我们共同回家的大路／／呼啸着的塔下魔／用狂风的

劲绳　捆住了街道与细沙／让我们紧紧拥靠在一起……"如今，时代虽然进入了 21 世纪，但偏远的故乡却被旧有的观念所束缚，人们对手工艺人的轻蔑与不屑依旧存在，这让年轻的诗人既疑惑又充满愤慨，于是不能自禁地对这种顽固的思想进行抗击，而且讴歌起了劳动的光荣与劳动者的美，表达了人人平等的思想："雪中一阵玩闹的风／将老人的曲调颤颤巍巍／但也继续哼唱他的历史／缅怀他的青春／匆忙的雪粒也在附和着落地／贴紧他曾守卫的土地／／翟翟上老人还有一部留声机／白内障折磨地夺取了一切洞察／幸好他的声音仍在传颂着英勇的旋律……"《遗忘的人》，描述的是一位说唱艺人，可是这位艺人已经风光不再，只剩下衰老与病痛，但他传扬英雄的使命不会因岁月的侵蚀而终止，在苍凉的声调里继续吟诵，成为人们精神的象征。这样的文字画面，令我们动容，也为岁月的匆忙消逝不免一声喟叹。其他还有《外婆》《益西》《柏树香》《普兰的春》等，这许多的诗篇都是因故土而喷薄欲出的。

　　永琼桑姆这部集子里的诗歌篇幅都很短，有些甚至只有那么几行，这并不说明其诗歌的空泛或简单，反倒证明了她的极简与匠心独运，比如："一团柔软的蒲公英／任风吹散　细碎的情绪／只剩一根　干枯的　母亲"（《母亲》），这寥寥几行诗，却让我们读到了青春的母亲过渡到老年的母亲，在柔软的蒲公英的意象中，淡化了许多的愁绪和伤感，在美丽的诗行中接受这种残忍的现实，其力量是无法言说的；"你是桌子里／深藏的尼泊尔木碗／一壶茶／滚滚浓烈而来／你总是宽容那片热情／却不留下脉脉的余温"（《余温》），这首诗的意指可能有多种，如爱情、亲情、友情等，这种丰富性，使得它拥有了更多的解说可能；"野杜鹃是山神自残的血痕／光照充斥在满足的紫色上／人们编织着花冠佩戴着美丽／山神编织血肠祭祀着杜鹃"（《杜鹃》），这种层层递进的因缘关系，到底是谁在成就着谁，充满哲理。纵观这部诗集，没有特别长的诗，这也是她的诗歌创作的一个特色。另一个特色就是形式上的努力探索，有时一个字开头，有时三个字，有时十几个字等，但通览下来你就会看到各种形式的排列，这些都是诗人故意为之的，也可见到她的不拘一格的创新意识。

年轻的永琼桑姆刚刚踏上诗歌创作的道路，前方的路还很漫长，需要提高的地方有很多，唯其稚嫩，更具希望。期待她通过不懈的努力，争取成为一名优秀的诗人。

欣 赏

两行褶皱里

噙满我的深情

当然，这只是一场诚恳的欣赏

像夏日的凉风

只敢　吹一阵　躲一会儿

只敢在夜晚

肆意吹拂在寂静里

在你那紧关的门前

勿忘我

在雪山融化的前一天

我或许会背叛诺言

告诉你　我出生的名字

小河终于不用替野葱花担心

成为心意预言的道具

但是伟岸山神还在眼前

只能　勿忘我

在每次水草与月光都流动的夜晚

我听说过你故乡的神话

所以相信了命运

下一次　喊出来　我的名字

在卓玛拉垭口上　还有圣湖边

拍打石岸时　比它还要大声

古城里万千个坍塌的洞口

愿意细数你的急切

清扫犹豫的灰尘

手里的干草

也算你的礼物

我转动一根

等待着你

母 亲

一团柔软的蒲公英
任风吹散　细碎的情绪
只剩一根　干枯的　母亲

火

这是火
总算是烧到了牢笼里

这吞噬的火
想起放牧时　熟睡的夕阳
帽檐里放射的鲜红　热烈

滚滚的烟雾
弹奏着囚栏滚烫的弦
此刻　没有人逃出来

曾踏马背的双脚
早已成为累赘的锁链
踏平雪山的志向
也已一去不返

一阵风
原本火红的太阳　也在夜晚温柔地升起
草原也有了黑色的边界

草木枯萎又生长

羊毛掉落了一地　又生长在浓雾中

啊……

一切都是白色的梦

在舒适的温床！

陪 伴

想要曼陀罗

一朵花的种子

陪外婆空隙的寂寞

留下一只活泼的山羊

叫出我幼年的声音

在寺庙的夕阳旁

低头接受　抚摸

我留不下　美好的梦

刚好一场平安的梦

还有种子与树叶

那待哺的土壤上

只有跛脚的马蹄印

风呀　带走包裹的余温

留下的只有

浑浊的黎明与

十四的月亮

还有　一个湿润的枕头

夏春花

路边浸泡着的沉寂和麻木

偶尔明媚的春天

才能唤醒横亘在人神之间的冬

夏春花

心里下了一场永不凋零的雪

像那天漂泊的雨　阵阵湿润的身体

永远有一颗洒脱的心

夏春花，偶尔刺痛

牧草还未长大

马蹄吹落满地的沙

沉重地

深陷在土壤里

决定离别的那天

犹如一场瀑布　敲醒了路边的心田

不再有临行的伤疤

烈日早已停靠

细长的背影
弯弯的刀月

冈仁波齐中
玛旁雍错外
别恨相离
秋天已作别

夏春花
总会找到它

逃　兵

最后
醒来只剩下了　我一个兵

听到清理的武器　渐渐靠近
从山上细腻的沙子滑下来
绕过了敌人愚蠢的搜寻

我捧着一抔故土
揣到兜里
没有回头

这里不会再有
我的故事
山上只有
死去的　表姐的身体

行 走

当破晓

沾染她的裙摆

与牛羊

行走　行走　行走

她的眼神

无邪又顽强

如包裹冬雾的石头

如掩埋帐篷的白雪

山腰的雏菊

佩在今年新生的羊角上

打开新磨的糌粑

高吼一声：新的一天！

在山顶

闭着眼睛

默念众生与自由

与柔软的生灵

与滚滚的炊烟

与勤劳的外婆

与天上的太阳

行走　行走　行走

她的虔诚　面向万物

她的独白　只在夜晚

她的赤诚　如蒲公英吹散的善意

只留下干枯的自己

即便花白了头发　浑浊了眼睛

那浑然不知中　藏香烫坏的裙摆

也在河畔　透过余晖的光亮

摇晃着　祈祷着　坚定着

行走　行走　行走……

拐　杖

拐杖　第一次拄入土地
如同　从马背
摔入软绵绵的草地

听
听到了他们的嘲笑

十年的羊皮
黝黑的　光滑的
从全身　裹到了下体
如同他生长的肤色

他的拐杖
常走塔尔钦的土路
弯折断裂的木锨
日夜浇灌神山甘露
清洗前世的诅咒

他无辜的眼神

三十四年

是时间遗漏的淳朴

还是留给拐杖的诅咒

岁月的磨损　拐杖扶在肩下

一颠　一倒

向着夕阳　回家的路

听——听啊

这是什么声音？

世界涌入眼中

他再也扶不起

旁边静躺羊皮上

佝偻的拐杖

他的母亲

风

夕阳在云间　孕育山雨

鳞片朵朵散　无几寥寥笔

闭上眼睛

重刻消逝的火热

枯草偶尔冒尖

轻轻颤动　指指点点

风也压不弯　枯死的尸体

暗棕的牛粪

像干枯的老人　失去了锐利的牙齿

层层叠叠　半残在低凹

歌颂的哈达　缠绕在树干

飘飘扬扬　带来风的喜讯

一同滋养　明年的生长

土拨鼠废弃的小洞

随处可见的　暗不见底

今日　这里

都逃亡了

在今年的第一次枯黄后
全部逃离
干花的种子　仍在奔跑
死去的念想　还会传达
下一次　生的希望
这里　这时
越过山丘　沙场漫漫
牛羊的声音　不曾响起
路过的牧人　嗤之以鼻
但　这里
从不缺希望和传信的风

铁匠的女儿

是你吗？铁匠的女儿
与我一起放学回家吗？

越过了五彩塔
乌塔粮仓与马车在灯边
有我们共同回家的大路

呼啸着的塔下魔
用狂风的劲绳　捆住了街道与细沙
让我们紧紧拥靠在一起

你椰子清香的长发
被风沙歧视着拖拽
却也不断地向前
牵着　我的手

和煦的土林
你看到了吗？！
我们就要到达粮仓了！

"也应该分开了"

纵使我们正在靠近

看苞谷亲吻着锄具

伸向土林的夕阳

浸染着秋意的宁静

其乐融融地摘取

人类与土地的果实

"可前方歧路的蟒蛇

也像脐带缠绕着窒息的婴儿"

马儿挥鞭扬去

落下的新谷

无法治愈土地的沉疴

"我的背影　无法诉说

大地的光芒也会照亮

人们心中分歧的小路"

可是

一切还未诞生前

我们曾都是土地的子女

城下俗

外婆在切玛前

捧上新生的青稞

用手中香软的酥油

替我抚摸

从未够到的门框

床下憩息着

隐蔽的灾难之神

每年都被巫者的火把

逃窜失所

藏红花与祈语保佑

洒到的四方　来往的路人

今夜　谁也没有痛苦

古城之下

木碗被酒水灌醉

一滴　一滴　都是甘霖

慰藉着英雄的白石

叩开一道生锈的大门

传来一句：

满上！

杀死的理想　还会回来！

沙 棘

戈壁旁的沙棘

去年就枯了

干瘪在带刺刀的卫士手中的利剑

永远留在今年的冬日

开裂的土地

祈盼一场痛快的怜悯

雨水穿过乌云的牢笼

却在归途中　与风转舵

黄沙弥染天空

断肢的胡杨林上

只剩一只山色的麻雀

吟诵无字的泣血

地上还躺着一只　僵硬的伙伴

用尽最后的尊严

将翅膀展向了天空

在幽暗里

它干瘪的眼神　更像酸涩的沙棘

晚风吹干痕迹

在光明中

它干硬的羽毛更加滚烫

雄鸡　没有报时

天也依旧亮起

一切寂静　一切如旧

丢失的牛头

山丘漫过村庄

牧人还未警醒

冬日或许破例延迟

新年仍会准时到来

昨夜丢失的牛头

牧人与马匹

迅速跃过松懒的围栏

可是今日的山脉

喘息　喘息

欲望挤压的高度

早已盖过了太阳的光芒

棕红的烈马

瘫软的脚下

还有缠乱的网线与细碎的塑料

祭祀着空洞的山峰

和脚下新年的庆祝

丢失的牛头呢
神明与客人将在今夜出发
除夕的黄昏　会将无所谓吗？

会的
这里除了雪山与牛头
早已充满了所有

遗忘的人

雪中一阵玩闹的风

将老人的曲调颤颤巍巍

但也继续哼唱他的历史

缅怀他的青春

匆忙的雪粒也在附和着落地

贴紧他曾守卫的土地

氆氇上老人还有一部留声机

白内障折磨地夺取了一切洞察

幸好他的声音仍在传颂着英勇的旋律

崖边的巫女　纵火焚烧了故土与梦境

红柳的枝头还在饱含泪水

还给了生养的泥土

他刀把上的血迹仍在崖边搏斗

一夜的山谷

成为盘旋的怨鸣

一场雪　将祥和带向天南地北

老人继续哼唱着……

沉睡在木雕红桌旁

给时间　回信了圣人的遗迹

沙

夕阳拖着裙摆

不断奔赴

未知的前方

断垣颓倾的残躯

倚靠在岁月中

老鹰与云层

荡然无存　碧蓝的天空

排列的足迹

无论多么沉重

风

轻巧地擦拭一切

消逝于远处

忠

神女铺碎彩虹

在裸露的表皮上

炙热滚烫

熠熠生辉

干涸的生灵　悄无声息

尸灵却在这里永驻

空荡的灵魂

赤脚在沙砾间飘行

一个错信了诺言

一个背叛了忠诚

月光皎洁

星斗粼粼

鲜血摩擦沙角

滋润这脚下　未曾遗忘的誓言

迷 楼

下站的　只有我

第二间屋子

尘飞干燥的黑暗里

谁在端正地画画

鲜艳的语言倾诉在白纸的空旷上

已然灰暗杂乱

那临近恐惧的开关

布满灰尘

星星点点的灯下

我看清的　是一个"我"

廊里全是镜子

无数个"我"

在碰撞自己中寻找尽头

而那最明亮的阁楼

越靠近　那影子就越长

它喷射着嘶吼的毒液

对准一个"我"　又一个"我"

直到蜡烛柄端　举过头顶

光与影子

都在"我"的身上

"我"的眼里

我终于找到了"我"

往 前

黄昏 我行车一条路内

越往前 越往后

菩提放下合十的枝干

编织起摇篮

吹打断落的红砖

哄睡疼痛的孩子

玫粉头巾抖落漫天的黄沙

叶下沙沙化为雪花

像妈妈疲惫又温柔地

轻拍这座 手无寸铁的大地

一个褴褛的大人

抓取半颗心脏

后退着 看对面茫然的那人 越来越远

小声点哭泣吧

风不停追着相爱的泪水

邮递永隔的平安

路外 鹿在鸣叫 月亮落

积石拓开黑暗的浆液

生长出一只手指的金枝

我想回头看

太阳熬着猩红的眼睛

还在赶路

但阳光碰触之时

爱与等待

溢出大地的裂缝

越往前

我们一定会更远

抚 平

摇晃的鸽子

停留在守护婴儿的神猴旁

缝补昨夜清晰的哀嚎

如果大地是个男孩

白净的大风　玩闹西北的蒲公英

无忧无虑　等待枣红与母亲

直到金鱼撕裂了即将过年的新衣

赤裸在遗落的砖房里

爱与责任

虽及时捧起脆弱的躯体　抚平化成的尘埃

可还在剧痛得手足无措

唱吧　唱吧

别留他一个人

别放弃他

有没有摇篮曲　拥抱　帐篷

还有母亲的柔软——

那让痛苦陷进去的温柔

鸽子啊　你劳累的翅膀

能否问问时间

孱弱的　朴实的　恐惧的缝隙中

阳光还能愈合

那哭泣的孩子吗?

笑　脸

透过薄薄的月亮

投下杨林赤裸的影子

她在门口勾勒思念

再加上一张笑脸

一阵颗粒的风

朝向褪去瓦衣的黄土

糊上一层平安的报纸

期待已久的冬至

却悄然离去

黑夜渐渐剥落守护

护家十年的老黄狗

也垂头无力

如此渺小　　如此突然

没有强大的爱意

怎么重建心中的坍塌？

可还好

还有不断搜救的火苗

一点点照亮心中的笑脸

但希望朝向天空的

永远是这张　继续的记忆

外 婆

她曾徒步翻山越岭

目尽辽阔印度神湖

凛冽寒风　刀刻成纹

她曾手持乌朵

骑马肆意与风逐沙

览阅千万牛羊入山怀

烈火酷日

灼烧土林余晖般的脸庞

褐色的瞳　抿紧的唇

炊烟与毪毯

养大了我

从冈仁波齐到札达土林：

回环诡谲的尸语故事

离奇勇毅的卓玛神女

精彩机智的米拉日巴

每当夜晚

空无所有的旷地上

篝火燃烧　与神鬼共舞

欢聚想象的盛宴

何时？

神山脚下　还有一副拐杖

寒鸦却步的碎石之坡

与我前行

雾气缭绕神山之巅

终点仍在高岭之后

摇动的经幡与头巾

攥紧凌乱的白发

一步

一步

蹒跚的节奏

与勇气　与神鬼　与黎明

与我一起走到

今日的尽头

札 达

倾态颓圮　褐乱枯散
层峦叠立　焦泥红土
深沟万壑　参差错落
风吹草木　张牙舞爪
夕阳渐下　尽显张狂

孔雀纷飞望太空
浩瀚星际映象泉
舞姿婆娑　影态万千

东风　黄沙　暴雨　酷日
上天开辟新世界
纳万物之力
在此酣畅泼洒　放浪形骸

远处汗血战马
一匹　两匹　三匹
腾跃入天门

飞天环绕献哈达

袅绕婀娜　反手弹唱曼陀铃

红褐舞衣　拂袖透金肤

雀蓝深壁　珠帘跳溅

狮面人身　俯首称臣

莲花金座位正处

一霎时　悠扬唢呐陷土林

溢出古格王土

昭显昔日光辉

益 西①

神女益西浮跃星河中
右肩晶莹的白莲
随风舞动

她穿越神山
干涸的痕迹　冷寂的寒气
"阿拉拉　这座山下盛产玛瑙
怎么连花朵都没有供奉?
阿拉拉　这片湖里如哈达般纯洁
怎么连羚羊都没有奔跑?"

悦耳的歌谣　如雪顶挥之不去的雪雾
唤醒冬眠的格桑花
与岩石镶嵌在崖岸的脆弱
挥响牧人的乌朵
承袭山色的生灵　无尽窜腾
那是神女　热爱世间的奔跑

---

① 故事源自阿里古老的神话——益西神女。

偶遇国王的英勇

她一见钟情　在神山脚下

河流望着神女的脚步

没有停滞在去年的凹陷

弯曲的　深邃的褶皱

依旧不断变动　时间的刻度

矛戟的冲锋　占有与残杀

唯一的莲花　盛放在国王的利刃

款款的誓言　与爱离别

白沙堆积成山

品味去年殆尽的甘霖

观望脚下贪婪的掠夺

松软的泥沙啊

雨渍劈就蝼蚁返家的宽敞

怎会有人恋恋不舍？

凯旋的珠宝与少女

填满了将士的贫瘠

无言的冷落

刺痛了空寂的宫殿

神女撕下契约

墙壁雕刻的孔雀纷纷高唱：

"阿拉拉　智慧的神女请往天上走

为你搭起七彩的羽桥

阿拉拉　绝情的神女请往天上走

寒冬即将来临这里"

残破的灵魂　被大地包容

杀戮的眼神　填充这片土地

乌云密布　灾难将至

子民的跪拜

益西不再踏临

不再逗留

不再观望

脚下　迟来的信仰

走　失

你喜欢春意阑珊的天
我喜欢浓烈即逝的烟

白云飘窗　山色坦荡

你说想给灰色穿点衣服
等一个人从暗的空无　到绿的富足

怀揣不一样的期待
从南的过去到北的未来
平行线出错地相交

我想忤逆山神的真谛
探索荒芜饱含的秘密

可惜打结的绳尾
穿不进幸福的针孔

隐瞒一场热情

亲吻一场悲剧

把安抚寄给未来

把希望留到过去

只有伤痕一次次掀开

在寒风呼啸着拥抱

手捧金黄的灯光

和对你沉重的思念

背影和我

都在一场雪夜里走失

再见吧，阿康

再见吧，阿康！

牧人收到太阳的指示

匆忙准备迁徙

夏季的生命　依旧灿烂

却也终在秋季迟暮

再见吧，阿康！

谈好了离别的筹码

背上沉重的行囊

寻找永恒的庇护

那里有柔美的鲜草

牛羊也不再垂头

曼陀铃悠扬的思念

也在今晚停留

然后

又一次

再一次

等待一场短暂的拥抱

再见吧，阿康！
今夜燃烧的篝火
如春日升起的午后
明媚　烂漫

牧人与马
渐行渐远
袅袅烟雾
越走越高

再见了，阿康！
这里只有　秃鹫与尸体
等待着来年

爱 念

穿着黑色的藏裙

处处是失神的糌粑

篝火起起伏伏

一场视觉的祭祀

用松木敲响　呐喊你的鼓

供上西月七星

当作不肯熄灭的烛

沸腾的海浪跳起

一个人等待的舞

黄昏的爱念过度

体力不支　灯火明灭将止

节点　缓急后息

仰头悄声掩面

在远处梨白　慢触

一停　一步

恍惚间　一把虚无抓住

藏起　给今夜滚烫的思念作抚

夏　去

柔软的水草

与风飘散的青稞酒

沿着细螺水纹的脚步

淡没在远方

山脚橘黄的小灯

与星光相映

等待的蝉鸣

抽去凉风的寒意

逃离沼泽的禁锢

这里　借唯一的水鹭

留下寂寥的相约

谁爱盛夏的太阳

接受炙热的洗礼

只有帕拉神女

等待红柳的传信

在水声中驻足

等待雪山的回信

残疾的轮椅

一场山雨

这朦胧的面纱

这包裹婴儿的柔软

这捂住哭泣的双手

痛苦　琐碎

掩盖着

淋湿的秃鹫与潮湿的洞穴

觅食的蚂蚁与歪斜着推进的轮椅

哭诉绝望的命运

风还未消散山隙的雾气

经筒与轮椅碰撞出短暂的清脆

供奉的灯苗

忽闪　忽闪　生命的疾苦

圣水浇灌低语的祈祷

抛洒给土地　干涸的希望

一只张飞鸟死前的视角

灰绿的草　墨黑的河
零度的风
恰到好处地扇动着
寒冷的理智

天黑黑　雾蒙蒙
一勺　两勺
川菜的甜里带着故事
转凉的　黏稠的

敏 感

全开窗的感性

挤压理性的　一丝不挂

麻痹的感官

空空的上方

飘浮一个定格的维度

反复地放映

生长出一百个未知的态度

平行线

你不过来

我不过去

你我看着

隔着凝固的寒气

你不过来

我想过去

你我看着

寒冰沸腾化为蒸汽

你想过来

我想过去

你我看着

犹豫的空气　来来去去　被呼　被吸

你不过来

我不过去

你看着　我看着　不一样的方向

划分的一条无色的界限

终将不会有交集

你过去
我过去
还好

我们都望着
你的进口　我的出口
谁也没有承认懦弱的自己

一个历程

车水马龙旁

沉默的港湾

静立的灯管

我们的爱与不爱

成为爱人的

可以和不答应

亡灵都会可歌可泣我的慷慨

匆匆停下脚步试图

禁锢身体的铃

你在他的面前是动态的

热情的

渺小的

他唤醒　一天的欢乐

让自己与太阳高歌

可是　过近的镜子　照出忧虑的沟壑

光下的影子

总是不厌其烦地跟随

封闭的罐子

让自由窒息

湿润的期待

第一次变得口渴

一次深夜的逃跑

仿佛在招招手

安静的分岔口

温度忽明忽暗

记忆逐渐消瘦

轻扯火柴女的衣兜

她说那是不幸福的兆头

别

别
卷起一条小溪
冻在　雪夜的心口
别点灯靠近初来的碎雪
假装不爱　迟来的烈阳

别
别总在书里想念
别放在枕上梦见
别　别总在熄灯的黑色里
睁开眼睛哭泣滑下一滴又一滴
悄无声息的想念

别当一根　燃尽期待的蜡烛
将蓝色的蜡油
摊在一张安静的纸上
身上只有　留恋的流痕

别·之二

别

别在暗夜里

当一根蜡烛

睁开眼睛

看着窗外　雪落的　悄悄话

直到昏醉的白被里

光亮试探着微微扬起

雪贪恋在阳光里拥抱

却滑进交织的树枝里

浸泡红肿的枝头

却抖落多余的温暖

划醒了地上

覆盖的寂静

一切　如旧而已

烛　心满意足

滑过了　最后一滴
刺烫身体的　安心
窗外　一切如旧　而已

灯　红

抓一把灯光

而明天

只有记忆的光影

照在叩不开的门口

我数着

变成了　红色　绿色　紫色

和闭眼的混沌

音乐在变幻

摇晃在心里涂鸦

轰出思念的空白

节点的间歇

你却在心头捣乱

重音压在心脏上

可影子的重量

不得喘息

最后一次
痛苦混乱
逃跑在冰凉的街上
急吮清爽的安静

我　和我的躲避
一个　怕心脏倒下
一个　怕心倒下

自导自演
佯装一名巫师
蹲在背后
做一个自救的手势

谛听山神

我倚扶在温暖的石阶上
感受太阳最恰好的温暖

我问前面的山顶
为何没有化开冰峰上的寒雪

云气升腾在遥不可及的远方
偶尔带来丝丝凉风
传送山神 无可言喻的答案

祭祀的生灵
在初雪后 似乎格外敏感
隐成一色 躲藏在暗处
我只好 向山神跪拜
合十发誓 奉上我一无所有的全部
化为这里一切的滋润

答应我

让我不要固在血骨塑成的器皿
让我飞向不能望见悲伤的领界

那里　化不开
蜕下的污秽

也有一阵小风
解脱的灵魂
舞蹈在人间

余 温

你是桌子里

深藏的尼泊尔木碗

一壶茶

滚滚浓烈而来

你总是宽容那片热情

却不留下脉脉的余温

峡 谷

柔软的土地

浸润着一年又一年

柔润的植被

交叠栖息的生命

风一停

又成为新生命

永久的驻地

初 雪

雪就冒失在毫无预备的一次初春中

拉萨的雪

毫不避讳时间

随意在那片自由与控制的分界线上

朋友像普通的花匠

载着一辆摩托车

修建着我们所有白色的装饰

手里承托着雪花的盛开

像一片湖　满载着宁静的温度

我们没有走很远

绕着就到了尽头

也是一处被雪贴合的角落

雨 下

刺猬和仙人掌的锋利

风也摩擦到了　刀刃的冷气

一间窗户摇摇欲坠

还在雨中等待

或许一支阳光照常射下

里面枯槁的花朵就有了生的理由

春天的你

在找你

空无一物的地方

前方的小树残存宽大的气息

一转头

多希望你突然出现

路边的小雏菊吐露春天的烟圈

恰好摘了一朵攥在手上

恰好被你看见

恰好看你微笑

低眉浅笑　面容姣好

如你抱着哆来咪

也想左耳听听你的心脏跳动的声音

右手与你十指相扣

然后走向黄昏的街道

慢别暗悄悄的背后

美人鱼

他很远

声很近

可　我不能

戳破鱼的泡沫

让天空的颜色　重新透下来

照亮鱼和我　本身不一样的鱼鳞

可谁会忘记深蓝的透亮呢

总会思念他的温度

一张渔网

包住了我　也困住了我

如果非要死亡

那网的颜色

希望是我最爱的　深蓝色

你不在

你在的地方
是暖色的乌鸦
期待的拐角
偶遇的楼下
和希望有琴声的五楼

你走后
是荒草　大路　围栏
和一根又一根不解风情的灯杆

你孑然一身
留下兵荒马乱的我
还有灯下摇摇晃晃的我
和我的影子

班公湖

云滑落了跟头

中午的血日　出来报复着

水鸟也热得小憩

静待着面湖

也许周围没有寺庙

修心的行者

即使延伸到咸湖的他乡

也没有求得玛旁雍错时的真理

回来在船上　爆破声划开紧密交谈

鸟连着掉落的雪翅

划向神山庇佑的方向

原来是为了拍摄一场

宁静的湖和自由的鸟

路中还有岩画

起初只有鹿和牛

猎人　还有奇怪的叶子

后来就有了工具　陷阱　和上下的方位感

谁在当真　世界的道理呢
可能没有心的　就是最善的心

海 东

风清云稀

水散羊离

海东的天空总是很淡

一座城　恰好是多民族嘴唇的分界

没有旗帜鲜明的围场

恰恰是顺理成章的宁静

哈达成了纽带

尖顶成了洋饰

悄无声息的生活是人民的

生而存活

仅此而已

桃花寺

桃花劈开红色的砖墙

失去了方正的边缘

高高挂起

一座心灵药包

买椟还珠

红白相间　肃穆着

钟声成了无声的催促

行走着

山间桃花

嵌在黄牛粪中

难产的狗儿吮吸的眼睛上

牦牛厚密的睫毛边

自下而上

一切自然的崇拜

解药不挂靠

墙里的实物

而在于某次无数次

越过桃源的悸动

官

一两声乌鸦　绕向四方

划过檐角的尖锐

落下渐低的哀鸣

末代的绝望

在四方沉闷的地下

就如冈仁波齐

穿越千路万里

那艰难中

渴望月升与花开的本能

遥远的相似性

总是会有交叉

和朋友

感息在耳边厮磨

虽然转瞬即逝

贴着　黏着

密集的默契攻击下

那种欢笑的高潮后

晚上静下心来

仍有潮红的痕迹

风 筝

手里的引线
点燃天空的信号塔
当身材苗条的比目鱼
转动了我的掌心

腾空了
它牵着我的手
把痛苦
倾诉了隔岸的天空
回信散在风中
轻轻吹动发丝
告诉我　快乐吧

沙　漠

细碎的圆沙

盖在地表的每个毛孔

一无所有的沙漠

让时空在这里切入开口

神明没收着胆怯

使少年们的青春轰轰烈烈

而在习俗中的乐礼

还是遵守了成见

炸着土豆

围裙包裹的大臀部阿姨

油腻堵住了泪腺

等待叛逆的儿子

迟到的抱歉

膝盖磨损的爷爷

求着五金店的老板

放走笼里骄奢的宠鸟

这里脑花蹦出彩虹

在沙丘的曲线上铺路

让想象在这里　自我总结

边走边想　直到

夜深了

思 乡

吉他弦

紧咬着我的思绪

靠在膝盖的哼唱

静理着

绕不清的杂乱

翻倒着

我与她的一千公里

札达干桃在舌尖湿润着

又鲜嫩地长在喉咙里

通知了神经元们

两行弦

被风扫了一扫

泪痕也消失了

抢 夺

一块驴子白糖

只有红色肤色的父子　才可以吃

抢啊抢

只因为一个在东侧

一个在西侧

上天临睡前换了位置

依旧如此

天空的信徒

走在母校的夜路

声控的灯

在二楼、四楼跑窜着

新栽种的一棵

仰着双手的柳树

再合舞一次春季的宁歌

便可祈祷成天空信徒

像我十岁时看着　窗外的飘浮

并相信它，也会是我

碎 星

她第一次急迫地描述月亮的伤疤

嗔怪日照的光芒

过慢　过去了很久

却又在描述月亮不应该陨落

我将方向对准了她

一个　两个

释放了温度

太阳也可以改变

只为了谎言的伤疤

她终于放松了

可原来也只是　轨道里的碎星

被引力吸附着

是否从未想过

面向伟大　谁是自己？

枝 丫

像挥手摇落的
嫩枝
这是春日常见的柳而已

我走到这里
它吹到这里
满手的呛鼻烟味
慢性自燃着

那些百年的古树
忙着遵循规律与习俗
屠宰的羊鸟
忘了它也是童年的启迪

去哪儿了？
那些根茎散发的清香
与风奔跑在山脚下的自在
在碎星的夜中迁徙
我看见氆氇裹着糌粑的白屑

抖搂时你行走的隐约的痕

我叫唤着
语言禁锢着悲伤的表达
你看我无措的手势停留了
才看到背后冒烟的折枝
古树啊
你铺开那黑氆氇
就在天空下
踩灭那抽烟的
无知的小枝丫

那 吉

牦牛使金山缓动

一寸寸

冬季的改则荒草

那吉也住在这里

她腼腆地笑　闷在口罩里

父母去了朝拜

姐姐住在医院

只有二十三头牛

家人供她吃食

那吉介绍着　她的一场梦

密珠星又升起来了

水源滚出了所有的美德与希望

舀一勺　寄到妇产科

喂给难产的姐姐

黄青的石块

叠了一圈圆院子

里面庇佑着合围的古圆窑

浇一勺水
祭祀给天空
让冬季牧场不再难熬

还有一勺
就给远处的紫雾
那里有唯一的水源
是那吉的出生地　那吉取名的由来

可是从不流入这里
泼一杯活水吧
凹地的院子一定保护着
就像天空保护院子
院子保佑圆窖

这样就不用眺望
等待远方的人

贪 婪

被双手绞杀

我惊恐　睁开从未开展的眼眦

头发还在燃烧

快要嗅到衣领的柔软处

还有脚　还在听我使唤

挣扎不了　久未开启的关节锁

没有灵巧的训练

它合十扯直了衣服

无能为力

我认命了

窗户好大

月亮小小的

越走越上

最后的抚慰

也慢慢掀开白色的大手

猫还在寻找婴儿的投胎

她吞食了我的眼睛

那被宁静淹没的尖叫

我也成了大火的助燃剂

从而漫向隔壁的贪婪者

柏树香

制香人将柏树干放在手心里
休息的时候
手心里闻到了外婆膝盖上
羊毛与藏香缠绕的味道

有时香灰红火地掉落
睡下一个圆圆的洞
恰好在裙布上

它厚，就一直慢走在鼻孔底
它慢，一直沾染在裙摆上
它沾染，可是又找不到它的痕迹

就在心上陷下了一个又一个圆满的小洞
当我躲藏真实世界时
这小小的蜗居
里面有外婆和我
羊毛编织的膝盖和无尽的安眠

县城学生

他的摩托车

轴里漏着血

至少在夜晚　有一点像

敷着厚重的月光

带了羊肚包裹的酥油等着我

他的迷茫依旧一知半解

抬头是墙

低头是沙

抠着桌角的碎屑

他的梦也掉落在土里

砖茶啊

我问未来

你可以永远如此滚烫与清香吗？

我的左手永远握着你

绝口不提梦想与暴富

夜深了

他的夜班时间到了

车上的音响开到了最大
踩过了灯晕的外界
在吞噬中　慢慢化解了

普兰的春

恰好是长满卡巴草的季节
摇动着传说
父亲将根茎扯到了右边
下一世听说会变成女孩

我说　那就成为我的女儿
出生在普兰的春天

我沿着父亲的脚印
走在科迦寺的后面
阳光更偏爱我小小的脚印
那里盛满了金灰的亮光
而朝前望去父亲的背影
远超出我所有的所有
只留有沉重的沟壑

一艘艘白色的小船
徜徉在金黄的油菜花海洋里
父亲在田野上

摸着一头有红耳环的牦牛

他就站在那里摸着少年的玩伴

思绪被清脆的溪水

钻过许多草原上的小丘陵

带向了夕阳下细长的背影

漂浮在深蓝的水球外

我倒挂在晾衣架上

看孔雀石挂绘的壁画

被云徐徐展开画幅

风也飘来这里

我父亲无声的催促

我装满一桶勇敢的豌豆

长在普兰随处可见的地方

根茎缠绕在木柱上

与奶奶撑起她的新家

恰好是一轮明亮的月

地上阵阵银器碰撞着节奏

神山迸发出急切的星河占领

圆圆的星空

合围的宣舞

那起始于云卓拉姆的故事

今天总算云开雾散

没有再次分离

蜷缩在父亲的臂弯里

风似乎在偷看这一隅的幸福

不小心碰撞着不严实的木窗

父亲抱着我

看着他的山

牧歌沉醉在甜酒里

慢慢　悠悠……

小镇生活

这里是地区

一条格桑路　一条狮泉河

绿啊绿

我走了才知道

上山的除了冷湿的白

还有　酸甜的绿

我的猫

被吃了老鼠药的老鼠毒死了

就像它生产那天

匍匐在土地上

热血在月光下吸得发黑

一块百花布

放在山间的洞穴里

绿啊绿

你生长在它身上

陪我说说话

我游戏

空无的燕尾山

这里雪化了

只有裸露的岩石

如此彻底

却仍然被秘密指责

临近死亡的谣言

大人也会相信

繁星与浮云

交替在屋顶散步

瓦片摩擦着粗糙的风

一切都在缓慢地运动

我的回忆

成了孤独的轨迹

偷东西的贼

贼经过了炙热的土林

因为它不由水分构成

拥抱着　修剪成尖锐的角

它溜进紧闭的寺前

干涸了里面贫瘠的湿度

敲走碎片中

孔雀蓝的神女门帘

寺院的人抓不住

变成了长发的俗人

警署的人抓不住

变成了迟缓的老者

它将碎片调入象泉河中

泉水也蔚蓝一片

融化成古老的矿石

它偷遍一切

不畏人言流语

最终都将赃物沉在过去

谁也找不到

家 徒

她还是没有上岸
父亲信任地将三个弟妹　放入帐中
她的影子流在床上
盖住了所有的炙热

于她而言
她渴望逃离
不甘于随时的瞩目中

她在水中挥舞着黄瓜
石头割断了
从尖锐中
她在时间中保持着复原的姿势
像一个武士合上刀鞘
却只是冰冷地闻到了金属的血味

行 者

他的布鞋上

刺满种子的生命

他唱

指着施咒的月亮

可惜他身上

没有滋养生长的土地

但他相信

即使没有被命运选中

也是神注定的信徒

被植物冠上了希望的王冠

他跪在一棵树下

肩上长出壮硕的树干

他的双腿就嵌在树影中

沼泽波光闪闪着

开了一瓶红葡萄的八宿酒

让影子们逃闪　一切的禁锢

出来吧

摇晃的一切

简单的自然

钟 表

我遵循夜

堵住星星的尖叫

冲散了月亮跑向东侧

耸耸肩

云朵不屑

钟表提示着我

混沌得

上午是年轻的姑娘

骑着云朵

走向远方的城镇

下午成了隔壁阿姨失散的梦中人

她不时掏出手表

等待着

眼见火烧的月亮

在变换时

我遮住脸庞

无措地等待夜的规则

一束刺痛的光
升起半个玻璃和山腰
钟表啊
比太阳晚

飞机幻想

云朵被飞机勒索成

山　花和河的模样

第一次坐飞机的婴儿

指着窗户　消失的乳房

气流撞着机翼

坚硬得　像山石

承握着约定

阳光破层伸出瀑布的触手

游走着　像金鱼

大人越惊呼　小孩越咯咯

厌倦着益卓神女的神话

却在小窗遇见天梯

盘旋着的云雾

迟迟不来冒犯

它回看

那就回家吧

一个期待着　一个祈祷着

玻　璃

草木卷曲着

吐露出了跛脚的老头

那个拿着玻璃的他

晃晃悠悠

里面的杜鹃

叽喳着城内外的消息

将俊俏的　严肃的人们

自动屏蔽了距离

他的月亮　残缺着

吵闹与空旷着

大象在冲刺着沙河

枝丫咬着帆布

淌进水流中

就如他砍去的柱子和壁画

跛脚的儿　摇晃的背

交合在波浪的月亮倒影

亮亮的　透明的

玻璃投放他的命运

阿西茶馆

阿西茶馆上有面旗

大风来

它摇动着山石

布窗里含着半侧雪山

月没有山高

或许月没有人快

在山尖展一双长满角手的翅膀

逆向的人唱着普兰的歌　那曲的话

但依然栖息在阿西茶馆

床坐朝西又朝东　请随意

行李拴在牦牛上

月光缠上所有的曲线

逆流还是顺流着雪水

圆弧中仍会遇见

你的终点我的起点

山下的精灵

在旗子吹的方向中
可以先放下摇晃的思绪
我们先喝一杯
雪水清茶

山西的朋友

异乡的朋友
你也在生活中吗？
我绣了大黄色的雏菊
在黑色的绸缎上
杜鹃花和桃花
都在旁边长大

我带有故乡的美好
让你在山西
也别变成按部就班的大人

听说山西也产醋
但我不在绸布上浇灌
只好将委屈　哭在染缸里
绣给你
我酸溜的心事

手机多么便利
但有些事说了是小事

不说都在塌陷

我只能寄你这里的春天

等你冬日的回信

熬过漫长的一年

攀 高

我失去了双脚
四轮的龟驮着我
滚石
塌了
它带着我逃窜

虽然山已经被铁网封印住了
假设的灾害

为什么走这么快
"光秃秃"
就是沉默的空炮吗?

平地是人类繁衍的栖息地
高山边属于征服者　路过者　环行者
可是也可以
停一停　等待
人类缓慢的遗迹

新 娘

野猫挠得夜色烦乱

破晓时刻的预感

也在云来云散中　反复验证

昨夜才痛刺了你

父亲告诉我

你将成为新娘

一千次的风声都无法挽回

破落的观念

小胖喜欢你

他偷偷穿着白色衬衣

苦练戴礼帽的花招

只为博你一处涟漪

你如他的百合

却将花香

围放在出生的土地

我们寄出了包裹

只盼你带上这朵喜悦
它来自小胖的懵懂
来自黎明的沉默

搬 家

房子租给了甘肃人
我的阳台葵花种子与菜地
封在了水泥下
抬来了大机器
它也吵
只是比我的闹更稳重

母亲说
这是大人的事

大人用舌头含走所有的时间
却舍不得品尝一个风铃

我的画作被雨浸泡了
刺破了蓝天
留下了几行雨滴
画名叫《明天》

牧 歌

一根弦

带动着　阿古顿巴的笑

两只深邃的眼皮和眶骨

眼尾带起他故乡起伏的山脉

两根弦

节奏如七月拉萨的雨季

云的聚散　听从着玩水小孩的命令

他的笑

呼出一只只青稞发酵的小鸟

绕着白色的月亮和牙齿　盘旋着

三根弦

红色的琴头

醉在褐棕色的肩膀上

他敲击一声闷鼓

散落了一堆牧人　重重的　高高的

颤抖的　山般的歌

不 安

雨后小道是延长时间的隧道

寺下小坡成了竞赛加速的跑道

云朵包围泥土

时间成了我们手中凝固的雨滴

对于忙碌的活

对于乡镇的生

无法永恒地不存在

空洞

发展又不安的我

记得可惜的快乐

小道合成了顽固

结实地撞击了雨滴

反弹又嵌在减速的柏油里

停滞着　封锁着

除了时间

杜 鹃

野杜鹃是山神自残的血痕

光照充斥在满足的紫色上

人们编织着花冠佩戴着美丽

山神编织血肠祭祀着杜鹃

豹 村

绿色的斑纹豹
匍匐在黄沙上

在绿色的脊背上
背上一只信号塔

塔下埋着一串马蹄声
是冬季越过最后的响音

碎化了时间
烈日下与沙空化为斑点
成为等待春日　突兀的豹山
马蹄匆忙
祭奠山下过世的故人

活

当格桑花　印拓在脸上
虽然双脚囚禁
天空捧起湖面
我看到
紫红色的斑斓里荡漾着波澜
而我在风里
融入花海摇摆的草原里
才知道
原来我活着

彩 虹

画出了彩虹
将会得到绿月亮

宇宙的规则
是公平　是真挚

纯白的蜡笔　模仿天空的痕迹
勾勒了地平线的弧曲

而花儿叠放肥厚的油红色
暗夜拥抱着黑暗
嘘
还有吸收的宁静

神圣的祈祷下
小鸟划碎了天空的黄昏和羽毛
将一层深棕色　一层浅蓝色
涂满我对绘画的表达
归还了人类的尊严

蜘蛛网

网　架构在卡垫与墙角
颤动中
触觉捕捉着飞动的细蚊

白炽灯
在楼下　被红墙粉饰得鲜嫩
飞舞的蚊群　慕名来踢踏盘旋着
像团簇的盘花　从花蕊迸发

灯在　光亮在
太阳还没升起
引诱得越来越多　嗡嗡的旋涡

这张网　好久不见的生命
尸体也在这里
狂欢也在这里
新生也在这里

垂涎的网啊
早已吸收焦虑着　观望的混沌

远 航

做出告别的双手
我心中的蜡烛
在沉睡中睁开眼

她们远航
也是返乡
无尽的白湖和棕土地

我忽明忽亮的思绪
吹动着燃烧的光亮
涂满我的世界　红与黑

持灯的路人
戍守空荡的乐园

她们再次择路
世界有千千万万个手指
指向更远的方向

父

坍塌了他的大山

他还没有拒绝
心里挥之不去的身影

他将思念
化为自己不合身的盔甲
刀枪不入地等待
在时间平等中成长的血肉

图书在版编目（CIP）数据

古海 / 永琼桑姆著 . -- 北京：作家出版社，2024.11.（中国
少数民族文学之星丛书）. -- ISBN 978 - 7 - 5212 - 3027 - 7

Ⅰ. I227

中国国家版本馆 CIP 数据核字第 2024BR9053 号

古　海

作　　者：永琼桑姆	
责任编辑：李亚梓	
特约编辑：赵兴红	
装帧设计：琥珀视觉	
出版发行：作家出版社有限公司	
社　　址：北京农展馆南里 10 号	邮　　编：100125

电话传真：86 - 10 - 65067186（发行中心）

　　　　　 86 - 10 - 65004079（总编室）

E - mail: zuojia@zuojia. net. cn

http: // www. zuojiachubanshe. com

印　　刷：唐山玺诚印务有限公司

成品尺寸：152 × 230

字　　数：15 千

印　　张：8.75

版　　次：2024 年 11 月第 1 版

印　　次：2024 年 11 月第 1 次印刷

ISBN 978 - 7 - 5212 - 3027 - 7

定　　价：48.00 元